Ninguém!

Uma história sobre a superação do *bullying* nas escolas

por Erin Frankel

ilustrado por Paula Heaphy

CB055346

Agradecimentos

Nossos sinceros agradecimentos à dedicada e talentosa equipe da editora Free Spirit Publishing, incluindo Judy Galbraith, Meg Bratsch, Alison Behnke, Steven Hauge, Michelle Lee Lagerroos, Margie Lisovskis e Anastasia Scott. Nossa especial gratidão a todos os nossos amigos e familiares, cujas inspirações criativas e encorajamento tornaram este trabalho possível, incluindo Gabriela, Sofia e Kelsey Cadahia; Ludwig Bryngelsson; Thomas e William Ruse; Sam Perrottet; Mackenzie Marsden; Ian Phares; Thomas Heaphy; Beth Ruse; Naomi Drew; Beth Moriarty e Alvaro Cadahia. Dedicado à amorosa memória de Gillian Donnelly, cuja bondade viverá para sempre.

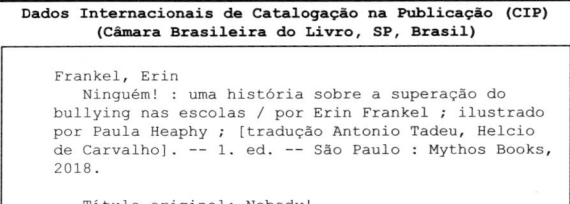

```
Dados Internacionais de Catalogação na Publicação (CIP)
       (Câmara Brasileira do Livro, SP, Brasil)

Frankel, Erin
     Ninguém! : uma história sobre a superação do
bullying nas escolas / por Erin Frankel ; ilustrado
por Paula Heaphy ; [tradução Antonio Tadeu, Helcio
de Carvalho]. -- 1. ed. -- São Paulo : Mythos Books,
2018.

     Título original: Nobody!
     ISBN 978-85-7867-381-9

     1. Bullying - Literatura juvenil 2. Bullying
nas escolas 3. Conflito interpessoal I. Heaphy,
Paula. II. Título.

18-19533                                   CDD-028.5

          Índices para catálogo sistemático:

 1. Bullying : Literatura juvenil    028.5

    Iolanda Rodrigues Biode - Bibliotecária - CRB-8/10014
```

NINGUÉM!

Erin Frankel
ROTEIRO

Paula Heaphy
ILUSTRAÇÕES

MYTHOS EDITORA LTDA.
Diretor Executivo Helcio de Carvalho **Diretor Financeiro** Dorival Vitor Lopes

REDAÇÃO:
Editor Antonio Tadeu **Co-Editor** Nilson Farinha **Coordenador de Produção** Ailton Alípio
Tradução Antonio Tadeu e Helcio de Carvalho **Revisão** Dagmar Baisigui

NINGUÉM! é uma publicação licenciada pela Mythos Books, um selo da Mythos Editora Ltda. Redação e administração: Av. São Gualter, 1296, São Paulo, SP, Brasil, CEP 05455-002. Fone/fax: (11) 3024-7707. Data da primeira edição: novembro de 2018. Todos os direitos reservados. Originalmente publicado nos Estados Unidos por Free Spirit Publishing Inc., Minneapolis, Minnesota, U.S.A., http://www.freespirit.com, sob o seguinte título *Nobody!* © 2015, 2018 por Erin Frankel e Paula Heaphy. Direitos Reservados. © Mythos Editora 2018. Todos os direitos reservados.

Copyright © 2018 by Erin Frankel/Paula Heaphy
Original edition published in 2015 by Free Spirit Publishing Inc., Minneapolis, Minnesota, U.S.A., http://www.freespirit.com under the title: *Nobody!* All rights reserved under International and Pan-American Copyright Conventions.

Personagens, nomes, eventos e locais presentes nesta publicação são inteiramente fictícios. Qualquer semelhança com a realidade é mera coincidência. É proibida a reprodução total ou parcial desta obra, em mídias tanto impressas quanto eletrônicas, sem a permissão expressa e escrita da Free Spirit Publishing e a dos editores brasileiros, exceto para fins de resenha.

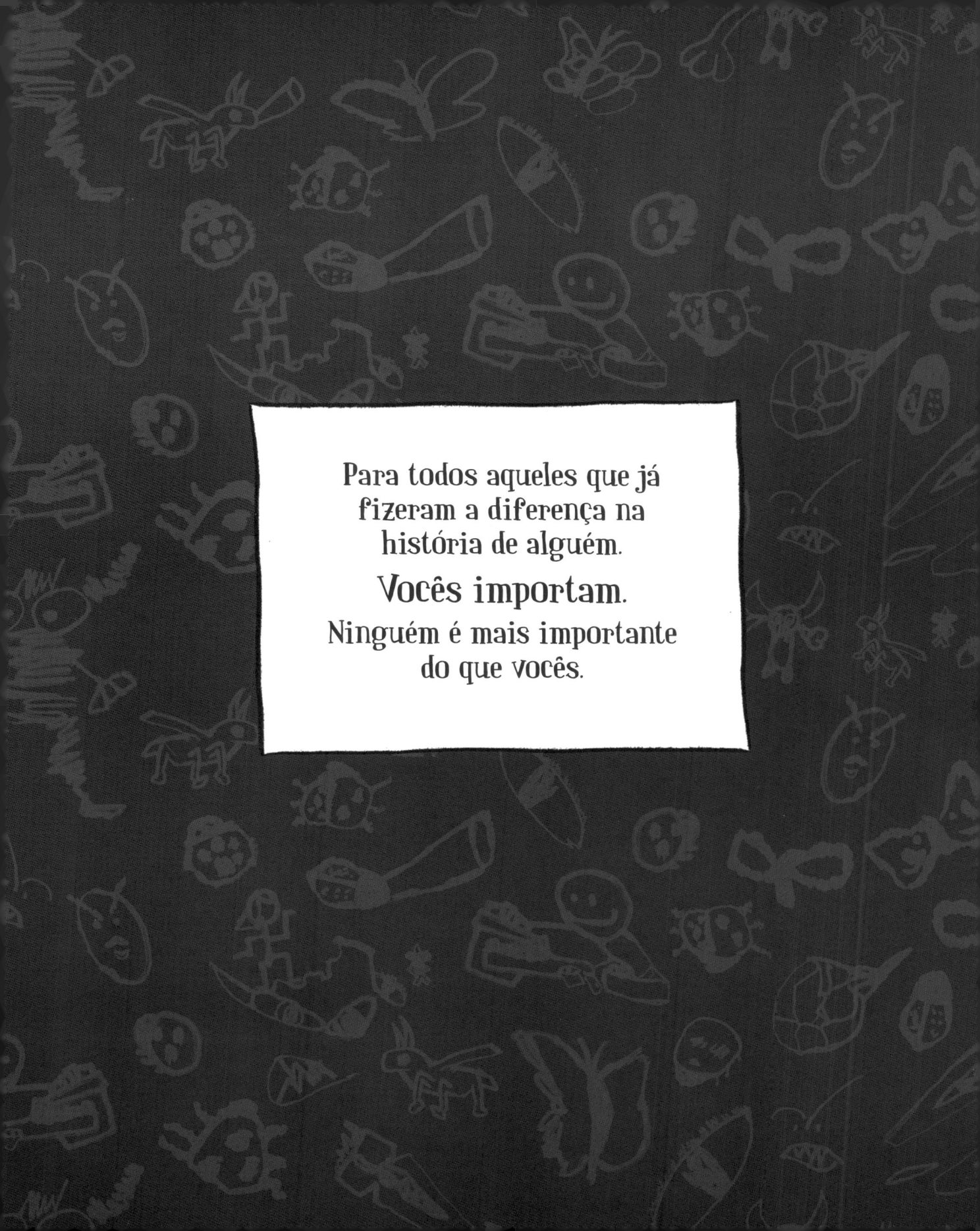

Para todos aqueles que já fizeram a diferença na história de alguém.

Vocês importam.

Ninguém é mais importante do que vocês.

Eu gostava da minha escola. Mas isso foi antes de alguém transformar minha vida num **pesadelo**.

ANDE LOGO, THOMAS, OU VAI PERDER O ÔNIBUS!

COMO EU QUERIA PERDER O ÔNIBUS...

Antes de um garoto chamado Caio fazer eu me sentir um NINGUÉM!

Eu achava que as coisas iriam melhorar neste ano porque o Caio não tá na minha classe, mas não.

> ESSA SUA COLEÇÃO DE INSETOS É A COISA MAIS RIDÍCULA, THOMAS!

Agora ele mexe comigo em outros lugares.

Minha mãe disse que o Caio iria melhorar durante o verão e parar de pegar no meu pé, mas ele só ficou pior.

USA O BEBEDOURO DOS BEBÊS!

Eu achei que iria ficar longe do Caio nos treinos de futebol... Mas adivinha quem tá no meu time neste ano?

MANDOU BEM, THOMAS!

SÓ QUE NÃO! ELE É O PIOR JOGADOR DO MUNDO!

Será que ele não tem nada melhor pra fazer além de acabar comigo? Eu tenho.

POR QUE NÃO VAI DESENHAR TAMBÉM, CAIO?

ISSO AÍ É ARTE?

NÃO LIGA PRA ELE.

O problema é que, às vezes, eu não consigo tirar o Caio da cabeça.

Eu nem curto mais as coisas em que sou bom.

Todo mundo me diz: "Fique longe dele".
Mas por que **ele** não fica longe de **mim**?
Não sou eu que fico atrás dele...

> NÃO PODE SENTAR COM MENINA.

Eu falo pra ele parar, mas não adianta.
Pelo menos não quando **eu** falo.

Quando tento contar pra alguém o que o Caio faz, ele sempre fala a mesma coisa: "Eu não fiz nada!". E como ninguém mais diz nada, fica minha palavra contra a dele.

A GENTE NÃO VIU QUEM FEZ.

A GENTE NÃO TAVA NEM OLHANDO.

Ninguém

Seria muito legal se alguém quisesse saber como o Caio é malvado comigo.

E eu queria que algumas pessoas (como a minha irmã) não se metessem nisso.

— DEIXE MEU IRMÃO EM PAZ!

— AHHH... FOI CHORAR PRA IRMÃZINHA, NÉ?

É sempre a mesma história...

o Caio me trata mal, eu fico pra baixo.

Ou pior... ele me trata mal, eu desconto nas pessoas.

"VOCÊ ESTÁ BEM, THOMAS?"

"ME DEIXA EM PAZ!"

Sou Ninguém

O que eu queria de verdade é que o Caio me deixasse em paz!

E meus amigos queriam isso também.

QUAL É A DELE?

TCHAU, ZÉ-NINGUÉM!

Só que ninguém queria enfrentar o Caio.

Não dá pra entender. Por que todo mundo vive preocupado com o Caio?

POR QUE O CAIO ESTÁ BRAVO?

Espera... nem todo mundo **tá** preocupado com ele.

VAMOS EMBORA, CAIO.

Mas como é que ser malvado comigo melhora as coisas pro Caio? Ele pensa que vai ter mais amigos assim?

Se fosse ele, eu pensaria nisso.

Mas... e se o Caio estiver certo?
E se ninguém mais for como eu?
E se eu for diferente mesmo?

Mas todo mundo não é diferente de algum jeito?

Não é isso que deixa a vida interessante?

E se eu tentar ver as coisas de outra forma?

Vai ver o Caio tá certo e ninguém seja como eu. Mas isso pode ser uma coisa legal!

NINGUÉM ME ENTENDE, SÓ VOCÊ.

UAU! NINGUÉM DESENHA COMO VOCÊ!

ÓTIMA PERGUNTA, THOMAS. NINGUÉM PERGUNTOU ISSO ATÉ HOJE!

> LEMBREM... ESSA É A HISTÓRIA DE VOCÊS. DECIDAM COMO QUEREM QUE ELA SEJA.

Eu decidi que é hora de começar uma história nova.

Queria poder falar deste jeito...

Ninguém usa óculos assim!

Bom, eu uso e curto muito!

...mas quando a hora chega, eu travo.

É por isso que eu adoro quando outras pessoas me apoiam!

NINGUÉM USA ÓCULOS ASSIM!

EU USO.

CUIDE DE SUA VIDA, CAIO.

27

Espero que o Caio comece a ver que muita gente não curte quando ele trata mal os outros.

ISSO É PRA BEBÊ.

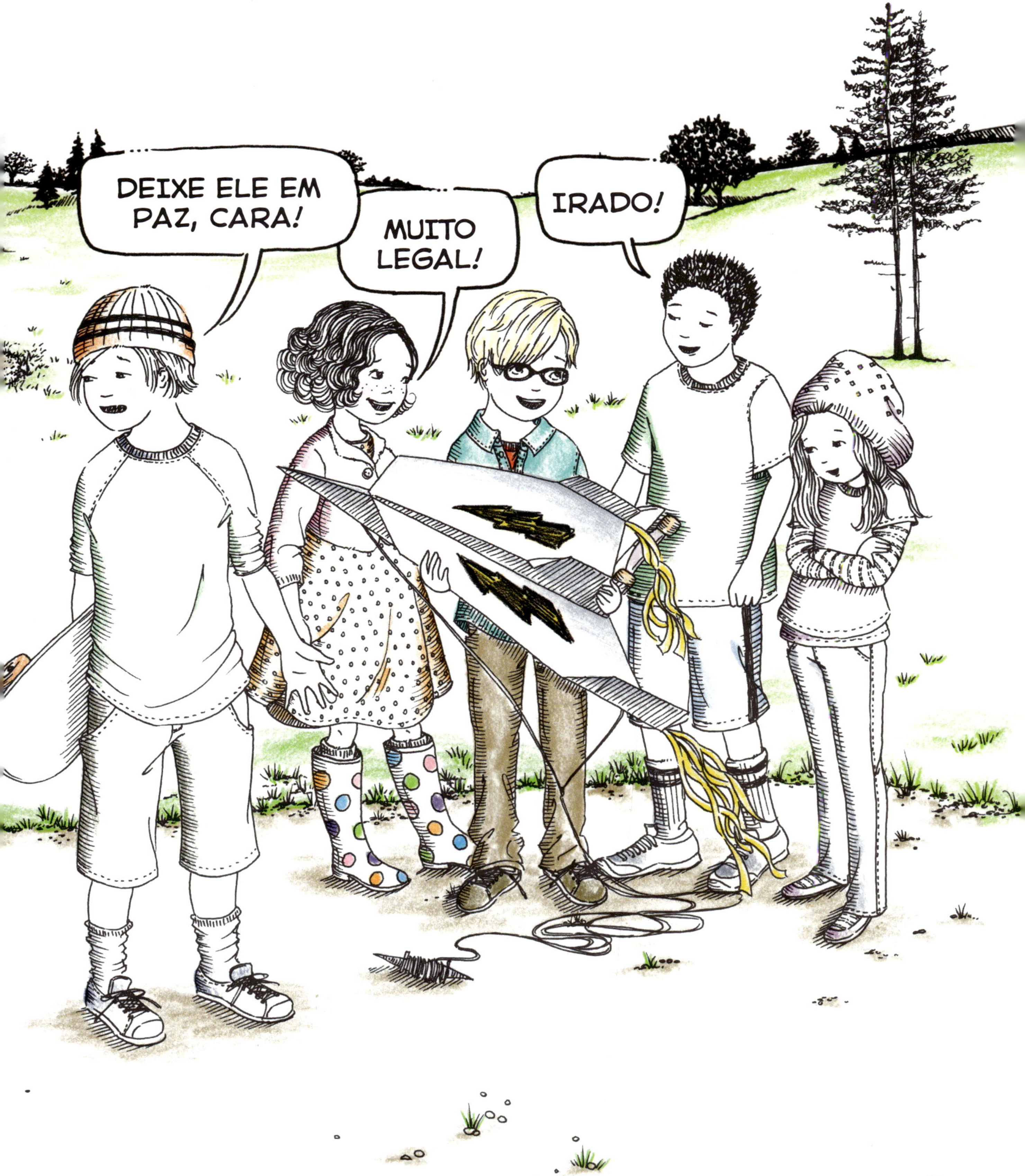
DEIXE ELE EM PAZ, CARA!
MUITO LEGAL!
IRADO!

E que não tem nada de errado em pedir ajuda quando ele não se sente bem...

Todo mundo faz isso.

— VOCÊ PARECE TENSO, CAIO. POSSO AJUDAR?

— FOI MUITO BOM TER FALADO COMIGO, THOMAS.

O Caio não parece estar tão malvado ultimamente...

ESTE É BEM LEGAL!

Ele começou a pensar bem antes de falar ou de fazer alguma coisa.

Eu também estive pensando bem sobre algumas coisas.

Eu entendi que ninguém pode me fazer sentir como um zé-ninguém.

E que não tem nada de errado em ser como sou, porque eu sou...

~~Alguém~~ Ninguém

37

Thomas diz que...

Quando tava sofrendo *bullying*, eu me sentia como um ninguém. Estas são algumas das coisas que ajudaram a me sentir como a pessoa que quero ser:
- Comecei a acreditar que sou importante – porque eu sou! Quando acredita em si mesmo, ninguém consegue fazer você se sentir um ninguém.
- Resolvi não abandonar aquilo de que gosto só porque alguém disse ou fez alguma coisa.
- Eu escolho amigos que gostam de mim como eu sou.
- Tentei ver as coisas de um jeito diferente. Ser diferente é o que faz a gente ser interessante.

Jay diz que...

Quando o Thomas tava sofrendo *bullying*, eu tentei ser um amigo legal pra ele não se sentir sozinho. Aqui estão algumas coisas que fizeram diferença:
- Eu mostrei que me importo com o Thomas, passando tempo com ele e fazendo coisas de que nós dois gostamos.
- Falei pro Thomas que tem muita gente (como eu!) que acha ele ótimo do jeito que é.
- Ajudei o Thomas a evitar o Caio quando ele queria.
- Contei pros meus outros amigos que a gente poderia ajudar o Thomas a ver as coisas de um jeito diferente.

Patrick diz que...

Mesmo não sendo um amigo próximo, eu me senti mal pela maneira de como o Caio tava tratando o Thomas, e eu quis fazer alguma coisa pra ele parar com aquilo. O que eu fiz foi o seguinte:
- Não fiquei rindo quando o Caio tava aprontando.

Assim que me senti seguro, falei pro Caio parar.
- Deixei o Caio me ver brincando com o Thomas. Ficar perto de pessoas boas é legal. A gente não precisa esconder isso.
- Eu contei pro Sr. C. quando vi o Caio irritando o Thomas. Se o Sr. C. não estivesse por perto, eu iria falar com outro adulto em quem confio.
- Quando o Caio me empurrou no campo de futebol, eu me defendi. Isso ajuda a mostrar pra outras crianças que elas podem se defender também.

> *****Contar x Fofocar**
> Explique para as crianças a importante diferença que existe entre fofocar sobre algo pequeno (como cutucar o nariz ou furar uma fila) e contar para um adulto quando alguém precisa de ajuda. Pense nisto: "Se estivesse sofrendo *bullying*, não iria querer que alguém ajudasse você?"

Caio diz que...

Eu peguei um costume chato: dizer e fazer coisas cruéis pro Thomas sem pensar em como ele ia se sentir com isso. Aqui vão algumas dicas que eu aprendi sobre como ser legal com alguém:

- Comecei a parar e a pensar antes de dizer ou de fazer alguma coisa. Esse tempo me ajuda a escolher ser legal.
- Fiquei imaginando como o Thomas se sentia quando eu fazia ou falava alguma coisa ruim pra ele. Aí comecei a pensar em como eu ia me sentir.
- Prestei atenção em como os outros reagiam quando eu estava sendo malvado com o Thomas. Ninguém gostava. Quando comecei a ser legal, percebi que todo mundo gostava mais de ficar comigo.
- Tentei, todos os dias, falar alguma coisa boa pra alguém. Como me senti bem, continuei praticando isso. Depois de um tempo, ser legal virou meu novo jeito de ser!

Entre para o Time do Bem

Quando o Caio tava fazendo *bullying* comigo, eu queria muito ser outra pessoa: — alguém que ele não tratasse mal. Ainda bem que tinha gente me dando força — isso foi muito legal! E eu fiquei feliz por saber que o Caio também tinha pessoas que o apoiavam. Todo mundo trabalhando, como um time, fez o Caio perceber que não precisava ficar pegando no pé de ninguém. O Time do Bem está sempre procurando novos jogadores. Você não quer jogar com a gente, não? Sua presença pode fazer muita diferença. Tente estas ideias pra começar...

Boa jogada!

É muito bom saber que o Caio está tentando uma nova jogada, pensando bem antes de dizer ou de fazer alguma coisa. Isso é uma grande vitória! Com todo mundo jogando no Time do Bem, vamos marcar um bocado de gols. E curtir muito mais também! O importante é lembrar que, pra não dar bola fora, se alguma jogada não for boa, é melhor nem tentar. Pronto para treinar? Na lista abaixo, circule as jogadas que podem fazer você marcar um belo gol. Depois, risque as que só vão fazer você dar bola fora. Quantas de cada você vê? Não esqueça que só as boas jogadas rendem grandes placares.

"Quer jogar com a gente?"

"Belo passe."

"Bom jogo!"

"Quer uma ajuda?"

"Bebê chorão!"

"Você tá bem?"

"Babaca!"

"Não quero você no meu time."

"Qual é o seu problema?"

"Você fez a gente perder!"

"Eu tô aqui pra ajudar você!"

Veja de forma diferente

Quando o Caio me colocava pra baixo, eu também me colocava assim. E continuava pensando que eu não era bom pra nada. Mas então percebi que pensamentos negativos são como picada de inseto: sempre que pensa ou diz alguma coisa negativa, você sofre. Então eu tentei olhar pras coisas de um jeito positivo. Quando resolvi mudar minha história de Ninguém pra Alguém, comecei a me sentir mais confiante, e ficou bem mais fácil de me defender. Percebi também que todos nós somos diferentes — e não tem nada de errado nisso. É o que deixa a vida interessante!

Você pode ver as coisas de forma diferente também. Arranje um jarro velho e algumas folhas de papel. Recorte o papel na forma de coisas de que você gosta.

Em seguida, escreva pensamentos positivos e negativos nas formas recortadas, coloque no jarro e o chacoalhe. Tire um recorte por vez. Se você pegou um pensamento positivo, coloque-o de volta no jarro. Se for um negativo, tente olhar de forma diferente pra ele. Num outro recorte, escreva alguma coisa positiva que anule aquela ideia negativa. Aí então amasse todos os pensamentos negativos que machucam e jogue fora. Quando só tiverem sobrado pensamentos positivos, enfeite o jarro e deixe por perto. Sempre que precisar de ajuda pra ver as coisas de forma diferente, pegue o jarro e retire um lembrete.

Não sou Ninguém.
Sou Alguém.
Não sou legal.
Sou do bem.

Encontre Alguém

Eu descobri que não há nada de errado precisar de ajuda pra lidar com sentimentos. Muita gente me ajudou a ver que meus sentimentos têm importância sim. E a mesma coisa aconteceu com o Caio. Agora, eu sei que posso escolher minha própria história — e também resolvi ser importante na história de outras pessoas. Entre pro Time do Bem e encontre pessoas como as que me ajudaram a mudar de Ninguém pra Alguém. Veja se você consegue achar quem é:

gentil   **honesto**   **compreensivo**
prestativo   **corajoso**   **cuidadoso**

Agora, escreva uma frase explicando por que você escolheu aquela pessoa. (Ou, se estiver lendo este livro com alguém, converse sobre isso.) Costuma se lembrar de pessoas que ajudaram você em momentos difíceis? E você? Que tipo de "alguém" você quer ser para os outros?

Um recado para os pais, para os professores e para os adultos solidários

Por que as pessoas não podem ser gentis? Por que é tão difícil conviver de forma amigável? Essas são perguntas que costumamos fazer ao ouvir histórias sobre *bullying*. Porém, para aqueles que experimentam a dor do *bullying* na própria pele, os questionamentos costumam se transformar em dúvidas internas. Assim como Thomas, crianças que são alvos de *bullying* podem pensar que isso acontece por elas serem diferentes. Nós, adultos solidários, podemos ajudá-las a entender que nossas diferenças são motivo de alegria, nunca justificativas para maus-tratos. Para crianças que têm dificuldade de se relacionarem com outras, nós podemos oferecer entendimento e ajuda para que elas desenvolvam a capacidade de fazer escolhas construtivas. Podemos ficar atentos a oportunidades de dar apoio e de motivar aqueles que ficam assistindo a essa violência, como Jay e Patrick, a ajudar as vítimas. E, usando histórias como *Ninguém!*, é possível ajudar as crianças a desenvolver empatia para que consigam enxergar além das diferenças e perceber que todos temos algo em comum: o desejo e a necessidade de amor, de sermos tratados com bondade e respeito.

Questões sobre *Ninguém!*

A história contada em *Ninguém* ilustra uma situação fictícia, mas com a qual muitas crianças irão identificar-se, mesmo que suas experiências tenham sido diferentes. A seguir, estão algumas perguntas e atividades para encorajar a reflexão e o diálogo sobre o que foi visto no livro. Fazer referência aos personagens principais, usando seus nomes, pode ajudar a criança a criar ligações: Thomas é o alvo, Jay e Patrick são os espectadores e Caio é quem pratica o *bullying*.

Página 1: Por que você acha que Thomas prefere ficar em casa e não na escola?

Páginas 2-5: Como você acha que Thomas se sente quando Caio diz algo ruim para ele? O que os outros personagens estão fazendo? Por que algumas pessoas riem quando alguém está sendo mau?

Páginas 6-12: De que maneira as pessoas em volta de Thomas ajudam (ou não) quando Caio está sendo cruel?

Pense um pouco sobre Jay, Patrick, Sr. C. e os demais personagens. Por que Thomas queria que algumas pessoas prestassem atenção quando Caio o está atormentando? Como Thomas se sente quando sua irmã o vê sofrendo *bullying* no ponto de ônibus? Você já se sentiu assim? Por que acha que é difícil para o Thomas parar de pensar no que Caio faz com ele?

Página 13: Por que você acha que o Thomas tem dificuldade de falar sobre *bullying*? Por que o Thomas grita com a mãe dele?

Páginas 14-17: Como você acha que as outras crianças se sentem quando estão perto do Caio? E os adultos? Por que você acha que a mãe de Thomas está preocupada com o Caio?

Páginas 18-19: Por que Patrick contou ao Sr. C. sobre o que está acontecendo com o Thomas? Por que os amigos de Caio não contaram ao Sr. C. que estavam rindo enquanto Thomas estava sofrendo *bullying*? Como você acha que Caio se sente vendo o que seus amigos dizem?

Páginas 20-23: O que ajudou Thomas a pensar sobre si mesmo de uma forma diferente? Por que ser diferente torna algo ou alguém mais interessante?

Páginas 24-27: Por que é difícil nos defendermos quando alguém diz ou faz algo cruel? Como os amigos de Thomas contribuíram para que ele se defendesse com mais facilidade? Você já defendeu alguém? Como essa pessoa se sentiu? Como você se sentiu?

Páginas 28-29: O que acontece agora quando Caio diz ou faz algo perverso? Qual é a diferença de quando ele faz isso no início da história? Por que é diferente?

Páginas 30-31: Como os adultos ajudaram Caio e Thomas? Com quais adultos você pode conversar sobre seus sentimentos?

Páginas 32-33: O que Caio diz ou faz para mostrar que está tentando ser mais gentil? Como você acha que Thomas se sente em relação ao Caio agora?

Páginas 34-37: Por que Thomas muda o título de sua história de Ninguém para Alguém? O que ele descobre sobre si mesmo?

Geral: Qual personagem de *Ninguém!* mais se parece com você e por qual motivo? O que você gostaria de dizer sobre esse personagem?

> *Importante: Bullying* Online (também chamado de *cyberbullying*) é uma ameaça real entre crianças do ensino fundamental, dado o crescente uso de *smartphones* e de computadores, tanto na escola como em casa. Também é o tipo mais difícil de *bullying* para ser contido, já que é menos aparente. Tenha certeza de incluir *cyberbullying* em todas as suas discussões sobre o tema com as crianças.

Sobre a autora e a ilustradora

Erin Frankel tem mestrado em estudo de Inglês e é apaixonada por competências parentais, por educação e por escrever. Ela ensinou Inglês em Madrid, na Espanha, antes de se mudar para Pittsburgh, com seu marido Alvaro e as três filhas, Gabriela, Sofia e Kelsey. Erin sabe, por experiência própria, o que é sofrer *bullying* e espera que sua história ajude as crianças a ser conscientes e a acabar com o *bullying*. Ela e Paula Heaphy, sua amiga de longa data, acreditam no poder da gentileza e sentem-se agradecidas de poder divulgar essa mensagem por meio destes livros. Em seu tempo livre, Erin, com sua família e com sua cachorra Bella, costuma fazer trilhas pela floresta e adora escrever sempre que possível.

Paula Heaphy é uma designer têxtil na indústria da moda. Ela gosta de explorar todos os meios artísticos, desde vidraçaria até confecção de sapatos, mas sua mais recente paixão é desenhar. Ela abraçou a chance de ilustrar histórias de sua amiga Erin, também por ter sofrido *bullying* quando criança. Conforme a personagem Luísa foi ganhando vida no papel, Paula sentiu seu caminho na vida mudar de rumo. Ela mora no Brooklyn, em Nova York, onde espera usar sua criatividade para iluminar o coração das crianças por muitos e muitos anos.